Котофей Иванович

Русские сказки

Иллюстрации
Анастасии Басюбиной

ЭКСМО
Москва
2015

КОЗА-ДЕРЕЗА

Одна́ де́вочка вы́вела свою́ козу́ пасти́сь да заигра́лась на лужа́йке. А коза́-то была́ вредная! Взяла́ да и сбежа́ла в лес.

Бежа́ла-бежа́ла, прибежа́ла в
за́ячью избу́шку, завали́лась на
печь и лежи́т.

Прихо́дит за́йчик домо́й:

— Кто в мою́ избу́шку зале́з?

А коза́ ему́ с печи́ отвеча́ет:

Я, коза́-дереза́!
Как то́пну нога́ми!
Заколю́ тебя́ рога́ми!

За́йчик испуга́лся и убежа́л.

Идёт зайчик, горько плачет. Навстречу ему петух:

— Что, заинька, плачешь?

— Забралась коза в мою избушку! А меня выгнала!

— Я твоему горю помогу!

Пошли́ они́ к избу́шке. Коза́ их в окно́ приме́тила и кричи́т:

Я, коза́-дереза́!
То́пну нога́ми!
Заколю́ тебя́ рога́ми!

А пету́х как вско́чит на поро́г да как закричи́т:

Несу́ на плече́ косу́!
Твою́ го́лову снесу́
По са́мые пле́чи!
Слеза́й, коза́, с пе́чи!

Коза́ испуга́лась, со стра́ху свали́лась с пе́чки и убежа́ла.

А за́йчик с петушко́м ста́ли в избу́шке жить-пожива́ть да добра́ нажива́ть.

КОТОФЕЙ ИВАНОВИЧ

Был у мужика кот. Да такой шкодливый! Надоел он мужику. Взял мужик мешок, посадил туда кота, отнёс в лес и бросил.

Кот из мешка выбрался, нашёл в лесу избушку и залез на чердак. Захочет есть — пойдёт птичек да мышей ловить. Наестся — и на чердак.

Вот однажды идёт кот, а навстречу ему лиса. Увидела кота и говорит:

— Скажи, как ты в наш лес попал и как тебя величать?

А кот надулся и отвечает:

— Я Котофей Иванович! Прислан к вам начальником.

— Пойдём ко мне в гости, Котофей Иванович! — говорит лиса.

Привела она кота к себе. Стала угощать его да замуж за него проситься. Кот согласился. И начался у них пир!

На другой день отправилась лиса добывать припасов.

Навстречу ей волк:

— Где ты пропадала?

— Я прежде была лисица-девица, а теперь я мужняя жена!

— За кого же ты вышла?

— К нам прислан начальником Котофей Иванович. Я теперь его жена.

— Да что ты! Как бы на него посмотреть?

— Ух! Он такой сердитый! Ты принеси ему барана, а сам спрячься. Иначе он съест тебя!

Волк побежал за бараном.

Лиса идёт себе, а навстречу ей медведь. Она и ему рассказала о своём муже. Велела приготовить быка да принести коту, а самому спрятаться.

Принёс волк барана. Медведь пришёл, тушу быка принёс.

Стали Котофея Ивановича дожидаться и думать, где бы им спрятаться. Волк залез в кусты. А медведь влез на сосну и поглядывает по сторонам: не идёт ли Котофей Иванович?

Пришёл кот и бросился на быка с криком: «Мяу! Мяу!»

А медведю слышится: «Мало! Мало!» И шепчет медведь себе под нос со страхом:

— Невелик, да прожорлив! Пожалуй, и до нас доберётся!

Захотелось волку тоже посмотреть на Котофея Ивановича. Да сквозь листья-то не видать ничего. Кот услышал, что листья шевелятся, подумал — это мышь там. Да как кинется!

И прямо волку в морду вцепился когтями. Волк вскочил и дал дёру!

А кот-то и сам испугался! Бросился он на сосну, где медведь сидел. «Ну пропал! Сейчас съест!» — подумал тот.

От страха медведь свалился с дерева, все печёнки отбил, вскочил — да бежать!

А лиса кричит им вслед:

— Вот Котофей Иванович вам задаст! Погодите!

С той поры все звери стали кота бояться.

А кот с лисой запаслись на зиму мясом и стали себе жить-поживать. И теперь живут.

СКАТЕРТЬ-САМОБРА́НКА

Жи́ли-бы́ли три бра́та. Пошли́ они́ по све́ту иска́ть сча́стья. И одна́жды набрели́ на высо́кую го́ру, кото́рая перелива́лась все́ми цвета́ми ра́дуги.

Зале́зли они́ на верши́ну и ви́дят: лежа́т там ка́мни-самоцве́ты. Ста́ли бра́тья набива́ть камня́ми су́мки. Пото́м спусти́лись с горы́ и пошли́ домо́й.

Мла́дший брат реши́л отпра́виться да́льше в дрему́чий лес. Шёл он до́лго. Уста́л. Лёг и засну́л на поля́не под ду́бом.

И уви́дел он волше́бный сон. Ве́щий го́лос рассказа́л ему́, что случи́тся с ним да́льше.

Чуть свет проснулся молодец. И видит то, что во сне увидал! Перед ним скатерть шёлковая лежит. Развернул её, а на ней разные кушанья да питьё появились. Наелся молодец досыта! Сложил скатерть и пошёл.

К ве́черу вы́шел к бе́дной из-бу́шке, в кото́рой жил стари́к. Попроси́лся мо́лодец переноче-ва́ть у него́. А за э́то реши́л старика́ у́жином угости́ть. Рас-стели́л скатёрку. И появи́лись на ней ра́зные ку́шанья да питьё.

Старик наелся и сказал:

— Спасибо тебе! Накормил меня так, как я уже давненько не едал. Подарю я тебе ранец. На вид старый, да не простой. Стукнешь по нему один раз — выпрыгнет солдат. Сколько раз постучишь, столько солдат и появятся. Любой твой приказ выполнят!

Поблагодарил его молодец и пошёл дальше. Шёл-шёл и набрёл на ветхий домишко. А в том домишке сидит ещё более древний старик.

Пустил он молодца к себе переночевать. А тот старика разными вкусностями накормил.

— Ну что ж, — говорит старик, — я тебе кое-что подарю! Вынул старик из сундука рог.

— Рог этот волшебный! Если дунешь в него, всё перед тобой враз упадёт: и люди, и звери, и города́, и госуда́рства.

Поблагодарил старика молодец и пошёл на родную землю.
По дороге решил молодец
посвататься к царской дочери.
А царь возмутился и послал
против молодца взвод солдат.
Достал молодец ранец, стук-
нул по нему несколько раз.

Вы́скочил полк солда́т.

Пошли́ солда́ты войно́й на царя́. Хотя́т его́ в плен забра́ть!

Испуга́лся царь. Пришло́сь ему́ отда́ть мо́лодцу не то́лько дочь в жёны, но и всё своё ца́рство.

А царе́вна затаи́ла оби́ду. За- чем её за мужика́ вы́дали?!

Одна́жды но́чью вы́крала она́ волше́бный ра́нец и уда́рила по нему́ не́сколько раз. Вы́скочили из ра́нца солда́ты. Приказа́ла царе́вна схвати́ть мо́лодца и казни́ть его́ неме́дленно.

Но тут просну́лся мо́лодец, уви́дел солда́т и всё по́нял.

Выхватил он волшебный рог. Затрубил в него — и попадали все замертво!

Понял тут молодец, что нечего ему с царями дружить. Вернулся он домой к родителям да братьям. И зажили все дружно и счастливо.

ЗЛАТОВЛА́СКА

Жил на све́те коро́ль. Был он сме́лый, но о́чень злой. Подошла́ как-то к за́мку стару́шка, что́бы поговори́ть с королём.

— Я принесла́ тебе́ волше́б-
ную ры́бу. Съешь её и бу́дешь
понима́ть язы́к всех живы́х су-
ще́ств. Пусть по́вар пригото́вит
её, но не про́бует еду́. Ина́че
и он бу́дет понима́ть э́тот язы́к.

Коро́ль ще́дро одари́л её.
А ры́бу отда́л по́вару Йржику,
приказа́в еду́ не про́бовать.

Йржик пригото́вил ры́бу. Ког-
да́ ры́ба была́ гото́ва, Йржик
всё-таки попро́бовал её. Вдруг
он услы́шал за окно́м го́гот:

— Идёмте рожь клева́ть!

Йржик вы́глянул в окно́ и
уви́дел, что э́то гусь зовёт гу-
сы́нь в по́ле. «Так вот почему́
мне нельзя́ бы́ло про́бовать э́ту
ры́бу!» — поду́мал Йржик.

Король съел рыбу и задумался — не пробовал ли Иржик её. Он решил испытать его. Позвал Иржика и потребовал налить себе вина в бокал.

Стал Иржик наливать вино. А тут на окно сели две горлицы. Одна другой и говорит:

— Златовласка волосы расчёсывала и три волоска потеряла!

Тут горлица один волосок упустила, и он со звоном упал на пол. Иржик вздрогнул, а король понял, что Иржик таки попробовал рыбу.

— Ты отправишься искать Златовласку и привезёшь мне её в жёны! — сказал король.

Утром Иржик тронулся в путь.

   Зае́хал в лес и слы́шит, как кто-то попи́скивает:
   — Спаса́йтесь, кто мо́жет!
   Ви́дит — гори́т куст, а под ним мураве́йник тле́ет.

Затушил огонь Иржик. А муравьи ему говорят:

— Если понадобимся, подумай о нас, и мы поможем!

Попрощался Иржик и уехал.

Едет себе и вдруг слышит: наверху тонкие голоса пищат.

Посмотре́л И́ржик, а там два голо́дных воронёнка пла́чут.

— Не пла́чьте, воронята́! Сейча́с отда́м вам свои́ припа́сы!

— Спаси́бо! — отвеча́ют те. — Придёт нужда́, мы помо́жем!

Дое́хал И́ржик до о́зера. А там два рыбака́ одну́ ры́бу де́лят. И́ржик у них ры́бу купи́л и наза́д в о́зеро вы́пустил.

Ры́ба вы́плыла и говори́т:

— Спаси́бо за доброту́ твою́! Ко́ли тебе́ нужна́ бу́дет моя́ по́мощь, то́лько поду́май о́бо мне.

Попрощался Иржик с рыбой и отправился дальше.

Долго он ехал по дорогам, полям, лесам и горам. Наконец приехал к королевскому замку, в котором жила Златовласка.

Вошёл Иржик в замок и рассказал королю о том, что приехал забрать его дочь в жёны своему повелителю.

— Тебе надо будет исполнить три желания Златовласки, — сказал король. — Первое желание таково. Вчера у Златовласки разорвалось жемчужное ожерелье. Бусинки рассыпались по всему лугу. Тебе надо собрать все до одной бусинки и принести их в замок.

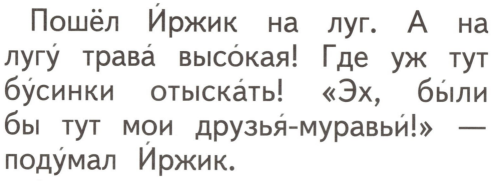

Пошёл Иржик на луг. А на лугу трава высокая! Где уж тут бусинки отыскать! «Эх, были бы тут мои друзья-муравьи!» — подумал Иржик.

А муравьи — тут как тут!

Разбежа́лись они́ по всему́ лу́гу. И́щут в траве́ бу́синки! Найду́т — несу́т И́ржику. Вско́ре у И́ржика бы́ли все до одно́й жемчу́жинки из ожере́лья Златовла́ски.

Верну́лся он в за́мок. Коро́ль пересчита́л бу́синки и сказа́л:

— За́втра на́до бу́дет найти́ кольцо́, кото́рое Златовла́ска урони́ла в глубо́кое о́зеро.

Утром отправился Иржик к озеру и подумал: «Была бы здесь моя рыба! Она бы сумела мне помочь!» Тут из воды показалась рыба с кольцом на плавнике. Иржик взял кольцо и побежал во дворец.

Король улыбнулся и сказал:

— Завтра надо будет принести живой и мёртвой воды. Это третье желание Златовласки.

Утром Иржик побрёл куда глаза глядят. Он не знал, где такую воду можно найти. Да только вспомнил он про воронят. А они — тут как тут:

— Мы знаем, где эта живая и мёртвая вода! — закричали воронята.

Схвати́ли у него́ две фля́ги и улете́ли. Не прошло́ и ча́са, как верну́лись они́ наза́д с водо́й.

По доро́ге в за́мок услы́шал И́ржик, как кто-то зовёт на по́мощь. Присмотре́лся и уви́дел, что злой пау́к хо́чет съесть ма́ленькую му́шку. Поли́л И́ржик паука́ мёртвой водо́й, тот и у́мер. А му́шка и говори́т:

— Ты спас меня, и я тебе помогу! Завтра будет последнее испытание. Выйдут двенадцать дочек короля, закрытые покрывалами. Возьми за руку ту, над которой я буду кружиться!

Поблагодарил Иржик мушку и отправился в замок.

На следующий день всё так и случилось. Вышли в зал двенадцать одинаковых стройных девушек, закутанных в покрывала.

Стал Иржик вглядываться в девушек. Вдруг видит — мушка появилась. Стала она виться над головой одной из девушек.

Взял Иржик эту девушку за руку и говорит её отцу:

— Вот Златовласка, король!

Делать нечего! Собрал король приданое и отдал дочь Иржику.

Привёз он Златовласку к своему королю. А тот и говорит:

— Хоть ты волю мою и исполнил, но завтра тебя казнят!

И казнили Иржика.

А Златовласка пришла туда, где его мёртвое тело лежало. Полила рану сначала мёртвой водой, а потом — живой. Иржик ожил и стал ещё краше!

Увидел это старый король. Приказал и себя казнить, чтобы тоже помолодеть и похорошеть.

Казнили злого короля. Только оживлять его никто не захотел.

А вместо него выбрали королём Иржика. И правильно!

СОДЕРЖА́НИЕ

Котофей Иванович : русские сказки/ ил. Анастасии Басюбиной. — Москва : Эксмо, 2015. —
К 59   48 с. : ил. — (Люблю читать!).

УДК 398.21(=161.1)-053.2
ББК 82.3(2Рос=Рус)-6

ISBN 978-5-699-76425-9

Литературно-художественное издание (әдеби-көркемдік баспа)

Для старшего дошкольного возраста (мектепке дейінгі ересек балаларға арналған)

ЛЮБЛЮ ЧИТАТЬ!

КОТОФЕЙ ИВАНОВИЧ
(орыс тілінде)

Составление и вольный пересказ *Ирины Котовской*
Художник *Анастасия Басюбина*

Ответственный редактор *В. Карпова.* Художественное оформление серии *И. Сауков*
Дизайн переплета *В. Безкровный.* Корректор *Д. Горобец*

ООО «Издательство «Эксмо».
123308, Москва, ул. Зорге, д. 1. Тел. 8 (495) 411-68-86, 8 (495) 956-39-21.
Home page: www.eksmo.ru   E-mail: info@eksmo.ru

Өндіруші: «ЭКСМО» АКБ Баспасы, 123308, Мәскеу, Ресей, Зорге көшесі, 1 үй.
Тел. 8 (495) 411-68-86, 8 (495) 956-39-21
Home page: www.eksmo.ru   E-mail: info@eksmo.ru
Тауар белгісі: «Эксмо»
Қазақстан Республикасында дистрибьютор және өнім бойынша
арыз-талаптарды қабылдаушының
өкілі «РДЦ-Алматы» ЖШС, Алматы қ., Домбровский көш., 3а», литер Б, офис 1.
Тел.: 8 (727) 2 51 59 89,90,91,92, факс: 8 (727) 251 58 12 вн. 107; E-mail: RDC-Almaty@eksmo.kz
Өнімнің жарамдылық мерзімі шектелмеген.
Сертификация туралы ақпарат сайтта: www.eksmo.ru/certification

Сведения о подтверждении соответствия издания согласно законодательству РФ о техническом регулировании
можно получить по адресу: http://eksmo.ru/certification/. Өндірген мемлекет: Ресей. Сертификация қарастырылған

Подписано в печать 04.12.2014. Формат 70x90¹/₁₆. Печать офсетная. Усл. печ. л. 3,5. Доп. тираж 5000 экз. Заказ 8572.

Отпечатано с готовых файлов заказчика
в ОАО «Первая Образцовая типография»,
филиал «УЛЬЯНОВСКИЙ ДОМ ПЕЧАТИ»
432980, г. Ульяновск, ул. Гончарова, 14

ISBN 978-5-699-76425-9